AF331166

LES ETRENNES

DES POÉTES,

DIALOGUE EN VAUDEVILLES,

PAR LA SIGNORA FRANC. MARIA

ALETOFANTI DI SANTONA.

A LUSSERAT EN SANTOMANIE,

Et se trouvent A PARIS,

Chez les Libraires qui vendent des Nouveautés.

M. DCC. LXXXII.

AVERTISSEMENT.

IL ne s'agit dans ce badinage que des mauvais Poëtes, & non de ces Génies heureux qui honorent la Littérature par leurs productions.

ÉPÎTRE DÉDICATOIRE

A MÉLANIE,

Qui veut apprendre à faire des vers.

Air : *Un jour me demandait Hortenſe.*

Jeune & touchante Mélanie ,
Moquez - vous de nos Rimailleurs ,
Du vaſte Empire du Génie
Ces Nains ſont les uſurpateurs :
Par des vers ou des dédicaces
Ils penſent avoir mérité
Le ſouris ingénu des graces
Et le coup-d'œil de la beauté.

L'un vous habillant en Déeſſe ,
Va rajeûnir pour vous chanter
Les vieilles erreurs de la Grece,
Et croit encore vous flatter ;
Il en compoſe une Elégie ,
Y met de l'amour, des *rebus,*
Suit en tout point la proſodie,
Et vous fait bâiller tant & plus.

A ij

Des Dieux de la Métromanie
Rions enfemble des travers,
Pour peu qu'on foit jeune ou jolie
On fe paffe bien de leurs vers :
En frondant notre Poéfie
Mettez fon orgueil en défaut ;
Laiffez les lauriers au génie,
Ce font des rofes qu'il vous faut.

LES ÉTRENNES

DES POËTES,

DIALOGUE EN VAUDEVILLES.

APOLLON.

Air : *Du Vaudeville d'Epicure.*

JE quitte un palais de lumiere
D'où le plaisir fuit fans retour,
Je viens appaifer fur la terre
Les feux dévorants de l'amour ;
Nos Déités fempiternelles
M'embarraffent par leurs bontés,
Arbitre né de leurs querelles,
Je bâille avec ces Majeftés.

A iij

Air : *Monſieur de Catinat.*

Eh! qu'importe à moi ſi ces vieilles beautés
Ont leurs Temples ici déſerts ou fréquentés ?
Par un chemin étroit je cherche les plaiſirs,
Je les trouve déjà , puiſque j'ai des deſirs.

Air : *Mon petit cœur à chaque inſtant ſoupire.*

Pour m'amuſer, réformons le Parnaſſe ,
Et dans Paris fixons notre ſéjour ;
Je veux punir la ridicule audace
des Oſtrogots qui déſolent ma Cour ;
En m'amuſant, réformons le Parnaſſe,
Et dans Paris fixons notre ſéjour.

LES POETES.

Air : *Chantez , danſez , amuſez-vous.*

Salut au divin Apollon ,
Ses Subſtituts en Poéſie
Viennent ſur un autre Hélicon
Cueillir les lauriers du génie....

SAPHO.

Phébus, au nom du tendre amour ,
Puis-je auſſi vous faire ma cour ?

APOLLON *(lui préfentant une rofe)*.

Même Air.

Au nom de cet aimable enfant,
Recevez de moi cette rofe,
Ce prix de votre heureux talent
Peut être le prix d'autre chofe;
Vous m'entendez....

S A P H O.

En vérité,
Vous avez bien de la bonté.

A P O L L O N.

Même Air.

Meffieurs, vous aurez votre tour,
Je jugeois bien mieux de vos ames;
Sachez qu'ailleurs, comme à ma Cour,
On doit céder le pas aux Dames.

U N   P O E T E.

Oui.., mais le droit du vrai talent...

A P O L L O N.

Eft d'être aimable & complaifant.

A iv

Air : *Magdeleine à bon droit paſſa, &c.*

Je donne à Damis du piment,
A Frontin des chardons-marie,
A tous les autres du chiendent.

S A P H O (*riant*).

C'eſt le prix de votre génie.

L E S   P O E T E S.

Phébus, avons-nous mérité
Un tel excès de dureté ?

S A P H O.

Air : *Quand un tendron vient dans ces lieux.*

Le trait eſt noir.

U N   P O E T E.

    Pour nous venger
De ce ſanglant outrage,
Je crois que nous devons changer
Et de culte & d'hommage.

A P O L L O N.

Eh bien ! rivaux de Marſyas,
Pour Juge vous aurez Midas,
La la,

(9)
LES POETES.

Oh! oh! oh! oh! ah! ah! ah! ah!
I! eſt trop ignare pour ça,
La la.

UN POETE.

Air : *Toujours, toujours, il eſt toujours le même.*

Pour protecteur ſi nous prenions Mercure,

APOLLON.

Le choix eſt bon, c'eſt le Dieu des voleurs;
Il ſaura des larcins déguiſer l'impoſture;
Mais il faut vous borner au titre de Rimeurs,
Puiſque vos vers font de la proſe pure.

LES POETES.

Air : *Stilà qu'a pincé Berg-Op-Zoom.*

Ah! de bon cœur nous renonçons
Au titre de vos nourriſſons,
Et *nous ferons en bonne proſe*
Des vers durs, mais bien forts de choſe.

APOLLON.

Air : *Qu'en voulez-vous dire?*

D'ailleurs, Meſſieurs les Beaux-Eſprits,
Votre demande eût été vaine;

Pensiez-vous par de longs écrits'
Avoir des droits à cette aubeine?
Vous êtes venus les derniers,
Il vous faut céder aux premiers ;
Je veux couronner de lauriers
L'urne de Voltaire,
Qui fut mon Vicaire ;
Je dois à ce Chantre vanté
L'honneur de l'immortalité.

CHANSON A Mlle ***,

POUR LE JOUR DE SA FETE.

Air : *Du serin qui te fait envie.*

Dieu des vers pour chanter Manette,
Je n'implore pas ton secours ;
L'esprit qui séduit la Coquette,
Souvent effare les amours ;
Brûlant d'une amoureuse ivresse,
Je vais chanter ce que je sens :
Que le baiser de ma Maîtresse
Soit pour moi le prix des talents. (*bis*).

O toi qui m'es toujours présente
Même dans les bras du sommeil
Toi qu'en songe je vois constante
Comme à l'instant de mon réveil ;
Des mains du tendre amour parée,
Chaque jour est ta fête à toi :
La mienne, ô mortelle adorée !
Est au moment où je te voi.　　(*bis*).

Nota. Cette Chanson faite depuis trois ans, m'a été contestée par des Beaux - Esprits subalternes : c'est ce qui fait que je la produis au jour de l'impression.

MES ADIEUX AU V****.

Air : *Un jour Guillot trouva Lisette.*

Adieux séduisantes mortelles,
Qu'un froid & pesant Rimailleur,
Change en neuf sœurs sempiternelles,
Et peint sous la même couleur ;
Soyez pour moi des pastourelles, *(bis)*.
Dans l'âge heureux de la candeur,
Pour s'aimer, tendres tourterelles,
Fauvettes pour la belle humeur.　　*(bis)*.

Adieux compagnes si fidelles ;
Adieux ces charmants *Comités*,
Que l'envie aux griffes cruelles,
A si souvent décrédités ;
Adieux gazons, ombres nouvelles, *(bis)*.
Côteaux & bosquets enchantés,
Où l'ennui fuit à tire-d'aîles,
De l'Amour les traits redoutés.　　*(bis)*.

Adieu Naïade intéressante,
Mortelle & Déesse à la fois ;
Ton petit pied qui me tourmente,

Eût tourné la tête des Rois :
En tes mains je laiſſe ma lyre   *(bis)*.
Qui ne rend plus que des ſoupirs ;
L'eſprit eſt froid & ſans délire,
Quand on s'arrache aux vrais plaiſirs. *(bis)*

Meſſieurs les Poétereaux de C. . . . . . . , ont beaucoup blâmé ces adieux ; ces petits Meſſieurs qui ne connoiſſent pas les plaiſirs purs & innocents de la ſociété, ont eu peine à concevoir comment on pouvoit exprimer ſes regrets avec autant de vérité, ſans que le cœur fût de la partie : ces agréables Cenſeurs ne ſe doutent pas des privileges de la Poéſie, ou feignent malignement de ne les pas connoître ; je ne répondrai point à leurs objections : je les renvoie à la lecture de Rabelais, au Chapitre *Quos ego*. Voilà mes obſervations faites, elles ne diſent pas beaucoup : mais qu'on m'en cite une ſeule de ces Meſſieurs qui diſe quelque choſe.

CHANSON

ADRESSÉE A DEUX JOLIES FEMMES

D A N S   U N   S O U P E R.

Air : *Mon petit cœur à chaque inſtant
ſoupire.*

O noms charmants de Popſé, d'Eugénie,
Soyez les Dieux, les Maîtres de mon cœur ;
A vous chanter, je conſacre ma vie,
En vous nommant, je connais le bonheur.
O noms charmants, &c.

Dans ſes regards, douce, tendre & touchante,
La blonde exprime un tranquille plaiſir,
Et l'œil ardent de la brune piquante,
Porte en mes ſens, la flamme du deſir.
Dans ſes regards, &c.

A tant d'attraits je dois un double hommage ;
Il ſera tendre & ſincere à la fois :
Je n'ai qu'un cœur, dois-je en faire un partage ?
Non : ſur ce cœur l'une & l'autre a des droits.
A tant d'attraits, &c.

Ah! commandez, régnez en Souveraines;
Vous me verrez, Amant tendre & foumis,
En les baifant, me parer de vos chaînes,
Et de l'amour attendre ainfi le prix.
Ah! commandez, &c.

F I N.